JOSÉ MAVIAEL MONTEIRO

# O MENINO QUE QUEBROU O TEMPO

ILUSTRAÇÕES
ANA RAQUEL

editora scipione

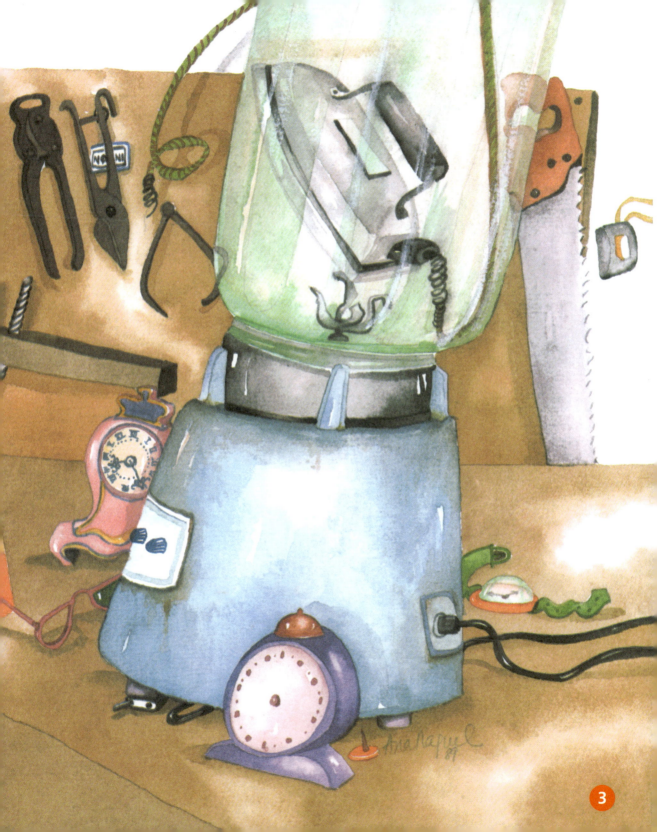

# 1

    Pé ante pé, Pedro Paulo entrou na casa encantada do velho Mané Mota. Encantada porque tinha tantos aparelhos estranhos, tanta velharia jogada pelos cantos, que ninguém se espantaria se, de repente, dali pulasse um fantasma em carne e osso, ou melhor, em sombra e lençol.

    O velho Mané Mota era o relojoeiro da cidade. Relojoeiro e colecionador. Tinha um montão de relógios: grandes, pequenos, carrilhões, luminosos, com bonecos que se movimentavam, uma infinita variedade. Mas suas mãos mágicas não apenas consertavam relógios; elas faziam bonecas mudas voltar a falar, trenzinhos enguiçados tornar a correr nos trilhos, palhacinhos desengonçados continuar a virar cambalhotas. Eram elas que acudiam as crianças quando os seus brinquedos quebravam. Das mãos habilidosas do velho também se aproveitavam as mamães para consertar um liquidificador, um ferro elétrico, um rádio, sei lá mais o quê.

Toda a enorme variedade de coisas ficava jogada por cima das mesas, dos armários, das cadeiras, no chão, sem qualquer ordem. Foi para ver tudo aquilo que Pedro Paulo entrou devagarinho na casa. Já passava das quatro horas. Todo o mundo sabia que àquela hora o velho estava tirando um cochilo e só acordaria exatamente às cinco horas. Era um hábito tão antigo que as pessoas já haviam se acostumado a acertar os relógios pela hora em que Mané Mota acordava.

Pedro Paulo olhava tudo aquilo maravilhado. Aqui, uma locomotiva sem rodas. Ali, um ferro elétrico sem cabo. Mais além, uma boneca que movia os olhos, outra sem cabeça, um cavalinho com a perna torta e uma misteriosa geringonça cheia de fios, molas, luzes etc. Podia até pegar, ver com os dedos, sem perigo de o velho acordar. Dali da sala ouvia os seus roncos no quarto ao lado.

O menino estava entretido com tantas novidades quando enxergou, bem junto a ele, a temível Maria Fulô, velha guardiã de Seu Mané Mota. Não era uma bruxa ou uma criada. Era simplesmente uma sapa, uma feia e gorda sapa, animal de estimação do velho, e terror da criançada.

Pedro Paulo levou um tremendo susto. A primeira reação foi fugir, mas conseguiu se controlar. Ainda queria ver a ampulheta. A ampulheta mágica da qual todos falavam. A cidade inteira comentava que, com aquele aparelho de medir o tempo, o velho Mané Mota conseguia ver as horas com tanta precisão que acertava todos os relógios por ela.

Lá estava a ampulheta em cima da mesa! O menino aproximou-se e ficou olhando a areia, tão branca e fininha, escorrendo da parte de cima para a de baixo, formando um monte bem certinho. Não viu quanto tempo levou tentando descobrir o mistério daquele relógio sem ponteiros, sem mostrador, sem pino para dar corda, sem nada.

Fascinado, tirou o aparelho da mesa e segurou-o nas mãos. Mas um barulho na sala chamou a atenção do menino. Bem à sua frente, feia e gorducha, a sapa Maria Fulô encarava-o com os olhos arregalados.

Pedro Paulo assustou-se. Foi logo colocando a ampulheta de volta na mesa. Na pressa, um desastre! O aparelho rolou, caiu no chão e — plaft! — espatifou-se em mil pedaços.

## 2

  A primeira reação do menino foi de espanto. Depois, teve medo. Medo de que Seu Mané Mota acordasse com o barulho e o pegasse naquela travessura. Ia sair correndo quando notou que a sapa também se assustara e estava parada na porta, impedindo sua passagem. Pela janela aberta, viu a torre da Igreja com o grande relógio marcando dez minutos para as cinco. Estava quase na hora de Seu Mané Mota acordar.
  Pedro Paulo resolveu esperar até a sapa desistir e sair da porta. Só assim ele poderia escapar dali. Para passar o tempo, distraiu-se com uma caixinha de música, um patinete, uma bicicleta em miniatura, um naviozinho dentro de uma garrafa. Já devia ser cinco horas no relógio da Igreja.

"Ué?", espantou-se Pedro Paulo. "O relógio está quebrado?"

Os ponteiros não haviam saído do lugar. Marcavam ainda dez para as cinco.

O menino desviou, então, a atenção do relógio e se ligou na sapa. O bicho papudo e gordalhão continuava no mesmo lugar, os olhos arregalados, sem a mínima intenção de abandonar o posto.

"O jeito é lhe dar um catiripapo, um pontapé, uma paulada, uma pedrada, uma bolada, uma bonecada..."

Com quê? Procurou alguma coisa para jogar no bicho, mas não encontrou. Tudo ali parecia ter utilidade. Andou de um lado para outro, agora mais preocupado com a sapa do que com Seu Mané Mota, que já devia estar acordando.

Sem querer, olhou para um grande relógio na parede da frente: faltavam dez minutos para as cinco horas! Não podia ser! Olhou para os outros relógios — o dos bonequinhos que dançavam, o das estrelinhas, o dos algarismos romanos, o despertador. Até o da Igreja e o da Prefeitura. Todos marcavam a mesma hora: dez para as cinco!

Pedro Paulo estava assombrado! Tinha um mistério naquela sala! Esqueceu a sapa, Seu Mané Mota, tudo. Saiu correndo, saltou a janela, caiu no jardim, alcançou o portão, abriu-o, ganhou a rua, atravessou-a, atirou-se por dentro da praça, pulou o muro da sua própria casa e entrou para a segurança do lar, enfrentando os olhos espantados da mãe:

— O que foi, menino?

— Nada, mãe.

— Nada, o quê? Vem desembestado da rua, parecendo um louco, e ainda diz que não foi nada? O que você andou aprontando, Seu Pedro Paulo?

— Já disse que não foi nada. Estava só brincando.

— Olha lá o que você andou fazendo! Vá tomar banho que já são quase cinco horas!

Olhou o relógio da cozinha: faltavam dez para as cinco... Até em sua casa o relógio tinha parado!?!

— Deixe dar cinco horas... — Pedro Paulo resmungou.

A mãe não respondeu e continuou a preparar o jantar. Ele ficou um pouco na cozinha, depois saiu de mansinho, foi até o seu quarto, brincou com um avião sem asas. Deu um chute numa bola, quase acertando um jarro. Ouviu o grito da mãe: "O que é isso, menino?". Voltou para o quarto, tentou folhear um livro de histórias, ligou a televisão e ficou assistindo a um desenho animado.

Ouviu a sua mãe gritar:

— Vá tomar banho, Pedro Paulo. Já são mais de cinco horas. Daqui a pouco seu pai vai chegar!

E num tom mais baixo, a mãe disse:

— Ué! Este relógio está parado?

E, de repente, bem alto, perguntou:

— Pedro Paulo, veja que horas são no relógio da sala.

— Dez para as cinco, mãe.

Ela conferiu: igual ao da cozinha. Mas já fazia algum tempo que havia olhado para o relógio da cozinha e os ponteiros não tinham se mexido. Que coisa estranha!

— Os dois relógios estão parados. Ligue para a Companhia Telefônica.

A Companhia fornecia as horas, minuto a minuto:

"A Companhia Telefônica informa: faltam dez minutos para as cinco horas".

A mãe não acreditou. Foi até a sala e viu que realmente os relógios da casa estavam marcando a mesma hora certa. Ou estavam todos errados, inclusive o da Companhia Telefônica.

No seu quarto, Pedro Paulo, assustado, via o programa de desenhos animados, que geralmente acabava às cinco horas, continuar como se o tempo não estivesse passando.

## 3

À medida que as pessoas notavam os relógios parados na mesma hora, as coisas iam se complicando.

Nos bancos, nas lojas, nas fábricas, nas repartições públicas, o expediente de trabalho se encerrava às cinco e meia. Por isso, todos continuavam a trabalhar normalmente, apesar de o dia estar escurecendo lá fora. Se os relógios marcavam dez para as cinco é porque eram dez para as cinco!

Entretanto, aqui e ali, uma pessoa ou outra, sentindo-se cansada, olhava continuamente o relógio na esperança de que ele se movesse. Mas, tudo continuava na mesma. Ouvir o tique-taque dos relógios, ligar para a Companhia Telefônica, nada adiantava, pois o horário era sempre o mesmo: dez para as cinco.

O Prefeito da cidade, vendo que o céu escurecia cada vez mais, consultou o relógio pela vigésima vez: sempre a mesma hora. Ele era um homem que confiava muito nas máquinas. Estava convencido de que elas eram feitas com muito cuidado e não podiam falhar. Se alguma coisa estava errada era o tempo, que anoitecia antes da hora.

A secretária invadiu o gabinete do Prefeito sem pedir licença:

— Senhor Prefeito, não aguento mais! De todas as partes telefonam reclamando que o tempo parou às dez para as cinco! Pedem providências.

— Que providências posso tomar? Relógios não falham — respondeu o Prefeito, convencido de que as máquinas são infalíveis, e justificou: — Eles são feitos de rodas, engrenagens, coisas mecânicas ou eletrônicas, ou de ambas, que não erram!

— Mas já está anoitecendo... — disse a moça desolada.
— Não está anoitecendo — contestou o homem.
— O dia está escurecendo devido a algum fenômeno meteorológico desconhecido. Não pode anoitecer agora. São dez para as cinco.

A moça ainda insistiu:
— Estão todos reclamando que as ruas estão escuras e pedem que o senhor mande acender a iluminação pública.
— Negativo! Não podemos acender as luzes das ruas a esta hora. Alguma coisa está errada. Chame o Vice-prefeito.

A secretária saiu e, logo depois, entrou o Vice-prefeito, baixinho e gorducho.
— Senhor Vice-prefeito, o tempo deve estar quebrado! Estamos precisando de alguém que o conserte. É urgente!

Apesar do absurdo do pedido, o Vice-prefeito não discutiu. A secretária ainda tentou detê-lo:
— Senhor Vice-prefeito, os relógios podem estar errados...
— Todos? — perguntou ele. — Todos errados? Só se estiverem em greve — disse sorrindo.

**4**

    Assim que deixou o prédio da Prefeitura, o Vice-prefeito encontrou o Diretor do Colégio Municipal, que vinha correndo, transtornado.
    — O que aconteceu, Senhor Diretor?
    — Os estudantes estão em greve. Vão fazer uma passeata.
    — Por quê? Não querem mais estudar?
    — Hoje, não. Acham que o horário das aulas já terminou. Ora! Veja o senhor — disse o Diretor mostrando o relógio de pulso. — Ainda não são cinco horas e os alunos saíram das salas e deixaram os professores falando sozinhos.
    — Por que isso?
    — Porque o dia está escuro. Eles dizem que já é noite, embora os relógios marquem, exatamente, dez para as cinco.
    A rua começou a se encher de gente. Em frente à Prefeitura, os estudantes desfilavam em passeata, carregando cartazes, faixas, bandeiras, protestando que já era noite e não podiam continuar tendo aulas indefinidamente.

A cidade estava em polvorosa. A confusão, o burburinho, a inquietação espalhavam-se por todos os cantos. Nas lojas, nos bancos, nas fábricas, nas oficinas, em todos os lugares havia conflitos. O cansaço, o nervosismo, um pouco de medo tomavam conta de todos que viam chegar o fim do dia e os relógios marcando dez minutos para as cinco horas. E nenhum fenômeno meteorológico diferente tinha acontecido... Quem duvidasse do horário, ali estavam os relógios para provar. Dezenas, centenas, milhares deles. A corda, a pilha, a peso, elétricos, mecânicos, de pulso, de bolso, de parede, despertadores, cronômetros, sempre marcando exatamente aquela mesma hora. E se houvesse ainda alguma dúvida, lá estavam os relógios da torre da Igreja, no alto de sua imponência, e o da Prefeitura, com toda a sua importância.

O Vice-prefeito, inquieto e assustado, deixou o Diretor da escola e misturou-se ao povo que invadia as ruas.

Onde ele iria encontrar um consertador do tempo?!

## 5

Pedro Paulo estava preocupado. O relógio continuava a marcar dez para as cinco. Dentro de casa, tudo na mesma. Sua mãe, na cozinha, parecia não acabar o que estava fazendo.

O menino ficou com medo de que alguém o tivesse visto sair da casa de Seu Mané Mota. "Os relógios pararam no momento em que eu quebrei a ampulheta. E agora? Será que o velho ainda não acordou? Não. Ele só acorda às cinco horas." Mas, quem iria dar um jeito naquilo tudo?

Pedro Paulo debruçou-se na janela da frente, que dava para a rua. Já era noite e algo estava acontecendo na cidade. Viu, de longe, a passeata de estudantes. Teve vontade de ir até lá para saber o que era aquilo, mas sentiu medo.

Gente passava apressada, reclamando, consultando o relógio. O pai sempre chegava do trabalho ao anoitecer, mas nesse dia estava atrasado. "Será que até ele está pensando que ainda são dez para as cinco?"

Pensando em tudo isso, saiu de casa, sem saber para onde ir. Sentou-se num banco da praça, e enfiou a cabeça entre os braços.

O Vice-prefeito passou por ali e o viu naquele estado. Aproximou-se e perguntou:

— O que é que você tem, menino? Está aborrecido?

— Estou é com fome!

— Ora, se está com fome, vá comer. Aposto que a fome passa num minuto. — Logo se arrependeu do que disse, pois os minutos não passavam. E então, consertou: — Passa num instante.

— Minha mãe não quer me dar comida.

— Por quê? Você fez alguma coisa errada e está de castigo?

— Não, ela disse que, se eu comer agora, não vou ter fome para o jantar.

— Ela está certa. Você deve esperar o jantar.

— Acontece que não vai ter jantar. Já é noite escura, mas como os relógios estão marcando dez para as cinco, ela acha que ainda são dez para as cinco.

— E ela está certa! São dez para as cinco, menino!

Pedro Paulo baixou novamente a cabeça entre os braços. "Não adianta, os adultos são uma raça perdida. Incompreensíveis..." Voltou a levantar a cabeça:

— O senhor também?

— Eu também o quê?

— Está pensando que o tempo parou?

— Mas é claro que parou, menino! Vocês, crianças, são muito imaginativas, ficam sonhando muito. Não vê que os relógios estão marcando a mesma hora? E o relógio é uma máquina que não pode falhar! Não existe nada a discutir: os relógios estão certos. Foi o tempo que quebrou.

— O tempo quebrou! Então mande Seu Mané Mota consertar!

O menino disse aquilo quase sem querer, apenas pelo costume que tinha de ouvir dizer que o velho consertava tudo. Tinha até esquecido da sua travessura na casa do relojoeiro...

O Vice-prefeito nem agradeceu. Saiu em disparada, pensando alto: "Como não me lembrei disso antes?!".

Mistura de bruxo e santo, o velho Mané Mota era a única pessoa que poderia resolver o problema.

## 6

Quando o Vice-prefeito se aproximou da casa do relojoeiro, notou que muita gente vinha nessa mesma direção. Quem vinha devagar apressou o passo; quem vinha depressa correu ainda mais. Parece que todos tiveram a mesma ideia, ao mesmo tempo.

A praça onde morava o velho começou a se encher de gente. As pessoas abandonavam as lojas, deixavam os bancos abertos, esqueciam as fábricas, as oficinas, as repartições, os escritórios, as próprias casas. Saltavam dos ônibus, desciam as escadas dos edifícios aos pulos, correndo todas em direção à casa de Mané Mota. Quem chegasse primeiro teria a glória de ter pedido ao velho para consertar o tempo, e seria considerado um herói nacional.

O primeiro a chegar foi mesmo Pedro Paulo. Logo que acabou de conversar com o Vice-prefeito, deu um pulo,

atravessou a praça por cima dos canteiros e chegou antes de todos à casa do relojoeiro.

Ágil, subiu no muro do jardim e abriu os braços pedindo que todos aguardassem. Os que vinham chegando pararam diante do menino. Logo depois, outros, e mais outros e outros. Formou-se uma grande, uma enorme, uma gigantesca multidão que tomou toda a praça, e se espalhou pelas ruas vizinhas.

Pedro Paulo, de braços estendidos, gritou:

— Calma, pessoal. Só Seu Mané Mota será capaz de consertar o tempo, que está quebrado. Mas acontece que ele está dormindo! Todo mundo sabe que ele só acorda às cinco horas. E ainda faltam dez minutos para as cinco.

— AAAAAAAAAAAAAHHHHHHHHHHHHH!!!!!!!!!! — fez a multidão decepcionada.

A esperança que se via nos olhos de cada um transformou-se em desespero. Havia uma lenda na cidade: no dia em que Seu Mané Mota acordasse antes das cinco horas, morreria imediatamente!

Quem teria coragem de acordá-lo faltando dez minutos para as cinco?

Um silêncio imenso, cinzento tomou conta da multidão. Tristemente todos baixaram os olhos...

Por algum tempo as pessoas permaneceram caladas, olhos para baixo, sem coragem de se encararem. Foram as crianças que mudaram aquela situação. Impacientes, elas começaram a se movimentar. Que importava se os relógios estavam parados? E as correrias, o pega-pega, os risos infantis, a algazarra quebraram o silêncio...

Aquela alegria contagiou os adultos. Eles levantaram os olhos e foram se reconhecendo. Descobriram, lado a lado, pessoas conhecidas que há muito não encontravam. O tempo havia lhes pregado uma peça! Recusara-se a andar, deixando-os frente a frente. Não se visitavam porque não tinham tempo. Agora, com os relógios parados, parecia que lhes sobrava tempo para tudo.

## 7

As primeiras palavras eram tímidas, mas logo o burburinho foi aumentando. Formaram-se grupos, surgiram os primeiros risos, seguidos das primeiras gargalhadas. Enquanto a noite corria, os grupos se abriam para receber desconhecidos, fazer novos amigos, fortalecer amizades. Os relógios parados já não eram mais problema. Os cumprimentos, as conversas, as confidências, as anedotas, as ideias, as opiniões, as apresentações, os apertos de mãos, os abraços, o calor humano, a vida eram muito mais importantes do que eles.

E então um grito de criança chamou a atenção de todos:

— Pai, o que é aquilo?

O pai do menino olhou para o alto, bem para o alto, para onde o menino apontava o dedinho, e viu um ponto de luz azulada, bem forte. Estendeu a vista pelas proximidades daquele foco de luz e viu outros maiores, menores, cintilantes, mais opacos, azulados, dourados, prateados. Durante muito tempo ficou olhando como se quisesse descobrir o que era aquilo. Lembrou-se de que há muito tempo já havia visto algo semelhante, mas não se recordava quando, nem onde. Chamou um vizinho. Ele também não sabia. Perguntaram a outros... Ninguém podia esclarecer o fenômeno.

Estava todo o mundo de nariz para cima quando um homem já bem velhinho resolveu o mistério:

— São as estrelas! Estrelas de verdade!
— Estrelas!?!

Homens e mulheres começaram a se lembrar de que haviam esquecido as estrelas. Alguns nem recordavam o dia em que haviam erguido os olhos para apreciar aquela maravilha!

A cidade às escuras deixava ver o céu em todo o seu esplendor. A Via Láctea parecia uma estrada de estrelas, um imenso e inesquecível espetáculo! De repente, parecia que as pessoas estavam habitando outro mundo. A luz que vinha do alto era fraca e tinha um certo mistério. A leve brisa que todos sentiam no rosto, esvoaçando os cabelos, acariciando as faces, por certo vinha daquele céu iluminado. Nem parecia a mesma que soprava todos os dias e que ninguém percebia... E junto com a brisa, espalhou-se um perfume, um cheiro de mato, de flores, de jardins.

Uma luz maior surgiu no céu. Então, outra voz de criança gritou:
— Olhem como é linda aquela estrela!
O mesmo homem, descobridor das estrelas, disse:
— Aquela é a Estrela-d'Alva.
E alguém lembrou:

*A Estrela-d'Alva*
*No céu desponta,*
*E a Lua anda tonta,*
*Com tamanho esplendor.*

E toda a multidão explodiu cantando a famosa marchinha.
Ao terminarem de cantar essa música, alguém lembrou outra, e depois mais outra, e outra mais.
A cidade inteira, homens, mulheres, crianças, jovens, velhos, todos deram-se as mãos e fizeram uma imensa serenata à amizade, ao amor, à liberdade, à vida.

Durante toda a noite a cidade esteve em festa.

E quando a Estrela-d'Alva estava bem clara e brilhante, ouviu-se um canto mais forte, um canto que se destacou de todas as canções:

— Cocorocóóóóóóóó...

O galo anunciava o nascer do sol.

Instantes depois, desenhava-se na janela da casa de Seu Mané Mota a sua figura simpática. Ele havia acordado com o canto do galo.

Todos conferiram o relógio: eram cinco horas da manhã!